할미꽃 연가

할미꽃 연가

국립중앙도서관 출판시도서목록(CIP)

할미꽃 연가 : 한승연 시집 / 지은이 : 한승연.
-- 서울 : 한누리미디어, 2006
  p. ;   cm
ISBN 89-7969-296-X 03810 : \8000
811.6-KDC4
895.715-DDC21   CIP2006002618

한승연 시집

할미꽃 연가

한누리
미디어

지금은 기억조차 희미한 아득한 옛날.

세상 물정 몰랐던 내 어린 시절, 색동저고리 고름을 봄바람에 휘날리며 동심에 젖어 철없이 깡충거리며 흥얼거리던 노래.

'~ 뒷동산에 할미꽃, 꼬부라진 할미꽃 ~'

아, 그 부르던 동심의 노래가 오늘은 황혼 빛 물들어가는 눈시울을 물기로 젖게 한다.

참으로 어제가 청춘이더니, 오늘 백발이라고 입가에 구름 술렁이시던 할머니, 그리고 어머니의 주름진 얼굴이 눈앞에 어른거리면서…….

어느덧 가을도 저만치, 성큼 다가온 이 겨울 문턱에서 점점이 붉어지는 감빛 가슴이 살 닳아온 핏 속에 여무는 해와 달의 아픈 응어리를 만선(滿船)으로 싣고 흐느적거리는 이 겨울 밤, 내 살의 노래는 서글픔이며 아픔이다.

참으로 이제는 머리 위에 흰 빛 펄럭이는 세월의 바다에 폐선의 고물처럼 헌 돛배에 실려 흐르면서, 떠밀리고 떠밀려온 아득한 그 세월 돌아보면, 아픔만 무성했던 내 살의 신음이 오늘은 마치 무덤 속을 기어 나온 지렁이처럼 꿈틀댄다.

그리고 그 지렁이의 금간 신음처럼 꿈틀대는 내 살의 노래는, 달빛을 홀짝이며 서늘한 천지(天地)의 바람을 쓸어안고 겨울 흰 눈밭을 서성이는 사슴의 눈망울처럼 시리고 아프다.

그런 밤일수록 더욱 젖어 치솟으며 한 편의 시(詩)를 잉태하는 내 삶의 노래는 간간이 울음이며, 그것들을 토해 놓는 비명으로 스러지는 한 세월의 휘파람이거나, 아니면 육십 년을 넘게 깎아온 내 손톱 밑의 반들거림 같은 싸늘한 시위다.

참으로 그 속을 헤집으며 밤으로 출렁이는 내 속살의 신음은 마침내 나를 적신다. 그리고 그 속 깊숙이에서 다시 되살아난 심연의 빛으로 나를 용해시킨다.

그것이 아직 살아있는 오늘의 유일한 기쁨으로 비록 젖은 자락 퍼얼펄 드날리게 하는 이 겨울 벌판에서 물기 마른 시린 손가락으로 《할미꽃 연가》를 묶어 엮지만, 새로운 한 점(點)을 숨결의 흔적처럼 그려 두고 가는 이 한밤의 장단가락에 실려 무심하게 떠나 버린 세월도 떫지만은 않다.

한 점(點)으로 남을 한 송이 할미꽃 연가(戀歌)로…….

2006년 세모에

지은이 **한 승 연**

13

할미꽃 연가

도시의 할미꽃은
갈 곳이 없다.
쭈글한 미소에 이제는
반갑게 눈 마주쳐 줄 사람도 없는
도시의 할미꽃,
세월이 빛 바라져 간 만큼
젊은 날 번뜩이던 총기는
그 모습 찾아볼 수 없는 채
초점 잃은 웃음이
그래도 가끔은 살아있음으로
꿈틀하는 본능이
입 삐쭉 투덜거리는 말,
'영원한 것이 세상에 있던가,
즈그도 늙어 보믄 알게 되는겨,'
그리고 맥 풀어진 눈으로
우스개 소리 한 마당,
등 푸른 이십대는 샘플,
삼십대는 정품, 사십대는 기획 상품,
오십대는 반액 세일, 육십대는 창고 대방출,
칠십대는 분리수거,
팔십대는 폐품 정리라고 실소를 터뜨린다.

그리고 잇따라
웃음 터뜨리는 말,
집안에서 사랑받는 순번은
1번이 강아지, 2번이 자식 상전
3번이 즈그 내외, 4번이 일하는 아줌마,
5번이 금력(金力) 없는 늙은 부모라며
주름진 입술을 비뚤하며 웃는다.
노년의 기력(氣力)은 금력(金力)이라나,
영양가 없는 찬밥 신세 5번들,
그러나 고맙게도
나라가 발이 되어 도와주는
지하철 공짜표 한 장 얻어 쥐고
발길 닿는 파고다 공원에 둘러 앉아
늘어지는 생기 잃은 하품으로
풀어내는 넋두리 한 마당,
인생 나이 오십이면
먹물가방 끈 길게 낭창한 년이나, 짧은 년이나,
나이 육십이면
성형 수술한 년이나, 안 한 년이나,
나이 칠십이면
서방 있는 년이나, 없는 년이나,

나이 팔십이면,
전대에 돈 낭창한 년이나, 없는 년이나,
인생 나이 구십이면
망우리에 뗏장 덮고 누워 있는 년이나,
안방에 누워 자식 눈치 보는 년이나
그게 그거로 한 밤의 꿈같은 세상
아파할 것도, 슬퍼할 것도 없다고
쭈글한 웃음들이 한 바탕 너부러진다.
금력(金力) 없는 도시의 할미꽃
그 넋두리 푸념으로…….

겨울 문턱에서 · 1

뉘엿한 석양 햇살이
한낮을 불태운 감빛 가슴을 드러내며
서릿발 이고 앉아
시린 속살 다독이는 여자의 가슴으로
속절없이 스며들며
햇살과 바람을 엮어 짜고 있다.

세월의 주름살마다
사운대며 일어나는 그 아픈 소리,
그때 내 검붉은 피는
물구나무를 서며 하늘이라도 덮을 듯
아픈 상처의 고름을 뒤척인다.
맨살의 주름에 시린 물기를
떼지어 젖어들게 하면서…….

겨울 문턱에서 · 2

겨울 긴 밤에
썰렁한 자리 속 뒤척이다 보면
색동저고리에 아장걸음 걷던
해맑은 우윳빛 웃음 웃던 꽃 시절도,
그리고 한여름 숲에서
사과, 머루, 다래가 천둥과 번개
그 쏟아지는 장대비 속에서
아프게, 아프게 익어가던
그 맨살 뜨겁게 하던 여름도
핏덩이 반들거리게 하는 화인(火印)처럼
상처마다 때 묻은 물무늬로 번져가고…….

마침내 정처 없는
외기러기 울음만 남겨 놓고
가을도 어느덧 훌쩍 떠나 버린
오, 서러워라, 지는 달
새하얀 달빛 바람으로 우는
이 겨울 문턱에서
찬 이슬 살점에 배어든 한기의 신음이
새벽 저 깊은 물소리를 캐내며
어둠을 밀어내고 있다.

참으로 꿈인 듯, 다시 살아
먼 산천 아프게, 아프게 돌아와
빛깔이란 빛깔은 다 벗은 빛깔로
하얗게 밤을 밝히는 이토록 시린 겨울,
한 움큼 아픈 거품으로 눈 떠 있는
이 새벽은, 죽음 같은 목숨이
한밤을 불태워 온 빛나는 눈물이다.

놀빛 기별

1
친구여,
어느덧 봄인 듯 여름 가고
성큼 다가온 이 가을,
이제는 한 올, 한 올
흰 머리가 세월의 나이테를 그리는
놀빛 번져 가는 고개 마루에서
실눈하고 오던 길 뒤돌아보면
휩쓸리고 또 휩싸이며
참으로 무색한 무명(無明)으로
희디흰 집이 되기도 했던 세월

2
이제는
그 세월의 마디마다
주름진 그늘, 그 터를 넓혀 가는
누에치기 가슴에 얼핏 설핏
타향도 스치고 고향도 스치면서
아픈 세월이 비늘처럼 떠돌다
마침내 가난한 동심 속에
그 비늘 흩날리는 추억만 살아남아

비바람 치는 타관의 몸짓 팔랑이는
오, 떡갈나무 숲을 떠난 작은 새

　3
무심한 세월은
밤배로 흐르다가
돛배처럼 떠돌다가
그 햇빛 가린 안개로도 스미다가
팔랑이는 작은 목숨 하나
오늘은 은빛 숨결 하나 싣고
먼- 산천 돌아와
떠나듯이 갈앉은 우리들의 이야기로
갈색으로 포개둔 가슴이
탱자나무 울밑에서 훌쩍이던 가난도
참 그윽한 그리움으로
이 가을 산수(山水)처럼 흐르는
정녕, 안 잊히는 우리들의 이야기
오! 살아있음의 비늘 그 판토마임,
뉘엿한 석양 놀빛 기별이라네.

놀빛 가슴으로

뉘엿한 석양 놀빛
눈시울에 붉어지는
소슬한 이 가을 한낮,
한 잔의 추억을 마시며
나도 저 낙조처럼
지긋한 아름다움으로 늙어가고 싶다.
이웃의 허물을 감싸주며
모든 사람들에게 늘 관대하는
그처럼 넉넉한 폭 넓은 가슴으로
어지럽고 슬픈 세상을 원망하며
알아주지 않는다고 투덜대기보다
스스로 자신을 짓이기며 학대하기보다
저 감동의 놀빛처럼
경제적으로는 빈곤하더라도
이웃에게 어떤 도움을 줄까 고민하는
그런 노인으로 중후하게 늙고 싶다.

그리하여
내 그림자 뒷모습에
걸작의 예술처럼 살아온 삶이었다고
모두가 부러워할 수 있는

그런 이야기의 가슴이 되고 싶다.
때로는 시행착오로 슬퍼도 했지만,
어차피 빈손으로 왔다가
빈손으로 가는 인생길에
그만하면 참 멋진 한 생의 몸짓이었다고
많은 사람들의 입가에 미소로 남는
남은 삶, 보다 아름답게 늙어가고 싶다.

꿈

덧없는 세월의 강물
처얼썩 처얼썩
그리움만 남겨 놓고
이제는 다 가고 없는
허허한 빈- 뜨락
남은 자리에 고이는 물소리
절절거린 귀 울음에
참 아득할 뿐인 가슴이
한밤 내 이슬 맞이로
달빛을 홀짝이며, 별빛을 홀짝이며
한 줄기 한 생의 몸짓
흰 그림자로 남을
은빛 반짝임의 하-얀 꿈을 꾼다.

그래,
정갈하게 꿈틀대는
이 겨울 한밤의 꿈은
맨살의 공허에 피 눈 밝히는
새로 이는 그 불씨다.
고향집 찾아 문학관!
참, 아득한 이야기

더러는 안개로도 스미지만
흰 빛 앞세우고 달려가는
내 살에 묻은 고향 내음은
다만 달빛뿐인 이 겨울밤을
훌쩍이며 불사르게 하는
오, 불씨, 그 불씨로
젖은 가슴 다독이며 불을 밝힌다.

사모(思慕) · 1

세월 탓일까,
밤 한 시
거울 속에서
쓸쓸한 어머니의 웃음을 본다.
아득한 눈 빛
그래,
그 가슴이었던 것을…….

참으로
어머니의 가슴에
데룽이었을 그 물기,
이제야
그 깊이의 의미를
헤아려보는 이 불효,
그토록 무심했던 불효가
인광의 회로 돌아
밤 한 시, 거울 속에서
어머니의 흰 웃음이
불효한 가슴을 울린다.

그래, 이렇게

뒤돌아 울었음이야,
철부지 투정에
비 맞은 고목나무처럼 서서
아득한 하늘을
아프게 닮아가던 눈빛
그 눈빛, 두고 가신 가슴이
오늘은, 세월의 강물 흘러
내 살점에 물기로 번진다.
밤 한 시, 거울 속에서…….

사모(思慕) · 2

몰라도
그렇게 몰랐을까
어머니의 서러운 죽음이
마치 아버지의 한량 끼
그 풍류 탓인 양,
화살촉처럼 탱탱하게
목줄 세워 쏘아 올리던
그 아팠을 낱말들.

얼마나 아프고
또 아프셨을까,
심장에 못이 되어 박혔을
그 불효한 낱말들,
내 나이 스물 셋
젊음의 교만이었을까,
사업에 실패하신 아버지
가녀린 불빛 그 희망이
내게 있었던 것을,
심봉사 딸, 심청이는
제물로 제 몸 팔아 그 아버지
심봉사 눈을 뜨게 했다는데…….

팔짝 뛰어오른
못 말리는 청개구리
철없어 무언으로 쏘아올린 화살
그 항변의 몸짓이
'알게 뭐야, 내 인생 내가 살겠다는데…….'
그리고, 약혼패물 챙겨들고 줄행랑
참, 못 말리는 청개구리에
죄 없는 작은 어머니
벌떡 드러누워 버리게 한 병명은
'신경성 갑상선' 이라고 했다던가,
마치 황소 눈처럼 툭 불거진
두 눈의 화근(禍根)이
마치 아버지 자신의 무능력한 책임처럼
숨 거두시는 그 시간까지
그 앞에 죄인처럼 숨죽어 살았을
내 아버지, 한종수 씨.

참으로
모자람 없으셨던 아버지
그 가슴에 깊이를 읽지 못했던
이 불효,

얼마나 가슴 아파하셨을까?
때늦은 이제야,
철이 없어 저질렀던 그 불효가
어제인 듯, 밤이면
눈앞에 더욱 살아올라
생전에 저질렀던 그 불효
참회의 눈물을 이리도 흘리지만,
이제는 이승과 저승으로
불러도 대답조차 없는 아버지,
오늘은,
지난날 그렇게도
못 말렸던 청개구리가
서릿발 흰 세월의 다리목에서
젊으신 날, 가슴 속 사랑으로
아까워하며 다독이시던
그 눈빛, 숨결로 두고 가신 이 살점
아버지 모습 그대로를 닮아 있어
티 없는 우윳빛 그대로를 닮아 있어
참으로 이처럼 큰 유산을
사랑의 숨결로 내게 남겨 주었음을
이제야 새삼스러이 고마워하며

소중한 그 맥박의 숨결이
오늘도 살아 숨쉬는 이 큰 유산을
아버지를 대하듯 바라봅니다.
지난날 철이 없어 천방지축(天方地軸)이던
그 불효를 참회하면서…….

사랑의 메시지

1

이제는 성인으로 세상을 배워 가는
내 사랑스런 딸아, 아들아!
그래, 모든 사람이 허위거리며
앙등거리는 세상이란,
맨몸의 터럭을 경련케 하는 아픔으로
이리도 쏠리고, 저리도 휩쓸리며
때로는 죽음 같은 어둠으로
질식할 것 같은 세상은
영혼 닦음의 도장(道場)이라 하셨다는
석가 성현의 말씀이
세상은 고해(苦海)로 '고통의 사바세계' 라
참으로 세상 오래 살다 보면 그 말씀에
저절로 고개 끄덕여지는 것이란다.

2

불교의 가르침 교리(教理)가
그 삼세인과(三世因果) 법으로
'전생(前生) 일을 알고자 할진대
금생(今生)에 받는 것이 이것이오,
내생(來生) 일을 알고자 할진대

금생에 짓는 것이 이것이다.'
중생이 그 인연법(因緣法)을 알면
도(道)를 통한다는 말씀이
'모든 법이 인연으로 쫓아 일어나고
모든 법이 인연으로 쫓아 멸(滅)하니라'
그리고 선업(善業)을 지으면 선보(善報)를 받고
악업(惡業)을 지으면 악보(惡報)를 받는다는
그것이 심는 대로 거둔다는 자연법칙
업력(業力)의 인과응보(因果應報)라니.

   3
그것이 또한
기독교 스승 예수 성현의 가르침으로
'너희가 심는 대로 거두리라!'
그리고 '네 집안에 원수가 있느니라'
하시며 '네 원수를 사랑하라' 하신
그 태산처럼 무거운 말씀의 뜻이
심는 대로 거둔다는 인과응보법칙으로
속사람 영혼 닦음의 세상이라는 것이기에
그 매듭 사랑으로 풀어야 한다는 것이고
그 인과응보, 내 업력(業力)에 실려

이 세상에 와서 만나야 할 인연의 고리들
그것이 '업보' 로 자식 인연(因緣) 탯줄이란,
가슴 태우며 주고 또 주어도
만족할 줄 모르는 전생(前生)의 인과(因果)
큰 빚쟁이로 현세(現世)에 다시 만나지고
부부(夫婦) 맺음 인연이란, 전생(前生)에 맺힌 매듭
풀어야 할 원수끼리 다시 만나진다는 것,
다시는 원망의 맺힘 없이
현세(現世)에서 내가 풀어야 할 숙제인 것이기에
스스로가 짊어지고 감당해야 하는
숙명적 기운으로 만들어낸 각 사람의 팔자(八字),
그것이 운명이라고 한 것이란다.

    4

그래서 예수께서는
하늘은 각 사람에게 그 몫의
감당할 만한 십자가 이외는
결코 주지 않는다고 하신 말씀을
오늘 우리 다시 되새김질하며
내게 주어진 십자가 감사하고 사랑하며
억울한 십자가의 고난을 통해

인류에게 보여주신
그리스도의 사랑 법을 배워 가며 살자.
더러는 억울하고, 또 고통스럽더라도
빛나는 새 생명으로 거듭날 아침을 위해
목숨 주어진 그 날, 그 시간까지
오늘도, 내일도 그 인과응보법칙
가슴에 오롯이 되새기며 살자.
그것이 한 세상 정갈하게 잘 닦고 오라는
지엄하신 하늘의 섭리, 윤회(輪廻)의 이치로
돌고 돌아 환생(幻生)된 인간 목숨이란
다시 배워 성숙하고 오라는
영혼 닦음의 교육장이라는 것이기에
오늘의 삶이 비록 고단하고 슬퍼도
우리 모두 축복 받은 삶으로
오늘에 만족하며 감사하며 살자꾸나.

축복의 탄생

이 시대
여성 개척자로
네 이름을 크게 빛낸
내 자랑스러운 딸아,
너의 임신 태몽(胎夢)이
먼저는 검푸른 청룡에 이어
황금 비늘의 황룡이 잇따라
하늘로 날아올랐다고 했었지.

그래,
하정호, 하예린
일월(日月)의 바람 자락 끝에
달빛 받아 천지화(天地花)로
고개 내민 새 생명의 잎새들,
정녕, 새로 맞이할 오는 시대
어둠의 빛을 빛내게 할
진귀(珍貴)한 하늘의 선물이구나.

그처럼
웅장한 대궐 높이
하늘을 오르는

청룡, 황룡의 태몽(胎夢)이
고귀한 인물임을,
참으로 크게 될 인물임을
예시(豫示)하여 보여준 것,
이미 선택된 축복의 텃밭
그 막중한 책임과 의무
늘 잊지 말아야 할 것이야.
가문의 혈류를 빛나게 하는
커다란 영광이 될 것이므로.

빛나는 영혼으로

닦으렴
더 아프게 닦고 닦아
정금처럼 빛나거라
내 사랑하는 딸아, 아들아!
사람의 몸으로
이 세상에 태어남이
하늘의 선물로 축복인 것은,
물질세계를 다스릴 줄 아는
성숙한 에너지 채로 진화시켜
천지만물(天地萬物)을 다스릴 줄 아는
만물의 영장(靈長), 하나님 소생(小生)으로
신(神)이 되게 하려는 것

그래서 세상이란,
미숙(未熟)한 인간 생명체를
진화 성숙케 하려는
닦음의 수련장이라고
성현들의 말씀이 그 이치를
세상에 와서 가르치셨단다.
그 하늘 섭리가 그처럼
성숙되어 큰 사람,

빛난 영혼을 만들기 위해서는
세상에서 뼈를 깎는 고통을
더욱 맛보게 한다는 것이
공자 성현의 말씀이었고,
또한 예수 그리스도 역시도
'심령이 가난한 자는 복이 있으리라'
이 말씀이 진리로
우리 오늘 빛나는 영혼을 위해
세상이 주는 아픔을 축복으로
이 땅에 생명을 주신 하늘에
고마워하며, 더욱 감사하며 살자꾸나.

특히
부모와 자식 인연이란
영적(靈的)인 내 기운, 그 파장에 의해서
인연의 고리를 맺고 온다는 것,
그래서 그 자식의 품성을 보면
그 부모의 격조를 알고,
그 부모를 보면, 그 자식 인간됨을
헤아려볼 수 있다는 것은
자식은, 그 부모의 그림자 형상으로

같은 몸 기운, 그 파장에 의해서
한 점의 선으로 끌어당겨 만나진다는
만고불변의 자연법칙으로
호박씨는 호박을 만들고,
오이씨는 오이를 매달게 한다는
이것이 숙명적 운명의 만남이라는
천연(天緣)의 '고리' 라고 한 것이란다.

이것이
자연법칙으로
불은 불을 부르고
강물은 흘러, 흘러
바다로 모아지는 것이
자연의 이치(理致)이듯이
닦고 더 닦아
도저히 더는 사랑스러울 수 없는
사랑이 모여서 타는 햇빛처럼
새 아침에 만날 영롱한 빛을 위해
한 목숨 활활 태우자꾸나
물질은 일만 악(一萬惡)의 뿌리라는
육신의 정욕, 그 생각들을 비워내며……

살다 보면

한 생의 삶,
오래 살다 보면
누구나 볼 것, 안 볼 것
다 보고 겪게 되지

잡귀신 스민
참 별난 사람들,
스치다 보면
앗, 뜨거워라
심장 깨물리고
큰 눈 뜨고 바라보면
인간 탈바가지 뒤집어 쓴
원색의 꽃뱀에 영악스러운 독사,
입 벌리는 늑대에 너구리,
그리고 살쾡이에 승냥이
찍찍거리는 영악한 쥐방울 등등

출렁이는 악몽(惡夢)
인생 한생(一生)의 삶 속에
참, 많은 가지각색 짐승들
그 혼기(魂氣)를 보고 살지,

사람인 줄 알고
선뜻 길동무하다가
덧니 날카롭게 드러내는 본색
에그머니나!
사람인 줄 알았더니…….

그래
세상 살다 보면
소도 보고, 개도 보고
암내 풍기는 고양이도 보고
그 짐승 제도하는 중도 만나고
더러는 전율스런 교주들도 만나고
어쩌다가 참으로 귀하게
천사표 웃음의
사람 같은 사람도 만나고…….

그래서
세상은 동물 농장으로
사람 되기가 얼마나 어려우면
정감록 비결에
십리를 가다가 사람 하나

겨우 만난다는 그 말,
오늘 문득, 되새김질해 본다.
지혜 없이 길벗 하다가
심장 깨물린 이 아픔에…….

이 시대의 '얼빵' 들

조선 천지에
이만한 얼빵들이 또 있을까?
훤칠한 품새에
큰 눈 부릅뜨고도
이마빡 때리고 달아난
백사(白蛇) 같은 바람의 수작에
어질 머리 늪에 빠진
흙 빛깔을 하고서도
허허 실소를 터뜨리는
뭉개진 빨간 피의 이야기
참, 못 말리는 이 시대
낭창한 얼빵들,
그 머리칼의 새까만 경련
참으로 똑똑 반편들이야.

그래,
바다는 바다일 수밖에 없고,
산은 산일 수밖에 없듯이
그것이 때 묻지 않은 순수
그 천심(天心)으로, 때로는
한 소반의 소나기도 마시고

이 세상 온갖 먼지를 마시면서도
마알간 웃음이 맹물처럼
스며든 천(千)의 음(音)으로
다시 또 풍덩 뛰어든
그 어두운 수초(水草)의 늪.
어디쯤이냐고, 어디쯤이냐고
닳아진 헌 살의 기침 소리
캄캄한 밤을 더욱 빛나게 하는
상처의 신음으로 다시 치솟아
핏속에 여무는 그 알을 밴
숱한 동작의 시간을 합창하며
오늘도 이렇게 건재해 있다는
맹물 같은 웃음들이
살아있음이 기적으로 쏘아 올리는
신호탄의 축배!

오, 그것은
불을 치업고
그처럼 피눈 밝히는
사악(邪惡)한 세상에서
불에 달궈진 진귀한 보석처럼

하늘 빛 그 얼이 꽉 들어차서
빵빵한 참 사람, 적어도
이 시대의 희귀종 아니면,
천연기념물들이란 것 아닐까?
살마다 빨간 피의 이야기가
물씬하게 묻어 있는
우리들의 얼빵빵 모임은, 킥킥…….

46

귀여운 얼빵아!

전주 김삿갓,
그래, 너 역시
못 말리는 '얼빵' 이구나,
계산 속 없는 너
한 떼의 안개가 휘몰아친 악몽(惡夢)에
하얗게 표백된 어둠 덩어리를 쓸어안고
화주잔(火酒盞)을 거푸 마시면서도
그처럼 감상적인 너,
그래가지고 칼날처럼
두 눈 부릅떠야 하는
무거운 건축 사업은 어찌 하누?
진로(進路)를 잘못 택했던 게야

오늘도 맹물처럼
이태백이 색깔로 풀리는 자리에
그을음 신발을 끌고 달려온 너,
가볍게 후벼대는 너의 웃음이
차라리 아픔이구나,
아니 어쩌면
틈틈이 묻어 온 안개를 닦아내며
맹물처럼 웃는 너의 모습은

수천의 불화살보다도 더 아프게 하는
견고한 악질(惡質)처럼
마침내 나는 너에게 묻는다.
너의 심장은 도대체 몇 개냐고,
문득 다시 살아 저려 오는 기억을
몇 낱의 성냥으로 불을 일구며
그 소리를 타고 오르는
참으로 아픈 속살의 노래,
그 가락 멈췄다가 다시 이어지는
이 시대 못 말리는 얼빵들이
무대에 함께 서서 벌리는 리허설에
모든 공간이 죽어서 떨어지는 빛깔로
번쩍이는 무대의 조명을 뿌리며
오, 서걱이는 신음(呻吟)들
오늘도 외로운 얼빵들의 막(幕)이 오른다.
적적한 만상(萬象), 그 객석의 눈을 꿰차고
번갯불 맞은 활활 단 목숨으로……

내 친구 봉선아!

1

친구야!
우리 세상 공부를
얼마나 더 하면 졸업할까?
이 세상에 와서
풀어야 하는 숙제에
우리는 참 많이도 힘들어하고
또 많은 날을 울기도 했었지.
그러나 오늘, 우리
그 풀어야 할 숙제가 있는 것을
크게 고마워하며 살자.
그것이 만물의 영장(靈長)
사람을 만들어가기 위한
조물주의 섭리로 성숙을 위한
닦음의 교육장이라고 했다던가.
그래서 앉은뱅이 앉아서 닦고
눈먼 장님 눈 감고 닦고
봉선아, 자넨 그처럼
용의주도한 두뇌가 유죄(有罪)로
남이 없는 낭창한 전대(錢臺)의 창고
행여 돌개바람이 자물쇠 부시는 것을

49

경계, 관리하기에 전전긍긍 힘들어하고
물질 관리 능력은커녕,
숫자 개념도 한껏 모자란 나는
이렇게 머리 쥐어짜며
귀신 씨나락 까먹는 소리나 주워 담으며
참, 많이도 징징거려 온 세월이
어느새 뉘엇한 석양빛이네.

2
그런 오늘,
지는 해를 바라보며
점점이 붉어지는 가슴이
우리 각자에게 주어진
이 아픔의 공부
얼마나 더 해야 할까?
오늘도 풍경 울리는 바람과 맞선
자네의 울음 섞인 목소리가
컴퓨터 바이러스를
온몸으로 받아 마시며
콧잔등에 돋보기 걸치고 앉아
씨줄 날줄을 엮어 짜고 있는

내 작업실에 둥둥 떠다니면서
그 울음 섞인 목소리에 젖기도 하지만,
그러나 가끔씩
상큼한 산소를 실어 나르듯
수산시장 어물전을
몽땅 쓸어안고 들어오는 듯한
갯내음 물씬한 자네의 걸음에
'수양산 그늘이 광동 팔십리' 라고
떠들며 풀어내는 너스레
그래, 아직 우리 살아 있음의 몸짓,
그 따뜻한 체온의 꿈틀거림이야.
살아 있음의 확인이야,
오늘도 뒤뚱거리며 살아 있다는
축배의 잔을 아픔으로 마시면서…….

천사표 내 친구, 동균 할매야!

살아 있음을 확인하는
자네의 숨결을
오늘도 뜨겁게 받아 마시며
이렇게 눈시울이 젖네.
인간사(人間事) 쌍가마 속에도
울음이 있다고 하더니
집안의 병고(病苦)에
울듯, 울듯 그 가만한 목소리가
멈추었다가 다시 들리는 듯
하루 종일 떠나지를 않으면서…….

참으로
서늘한 내 삶에
다정한 의지의 형제처럼
가슴을 함께 아파하며
위로해 주던 천사표
내 친구 동균 할매야!
그런데 오늘 나는
그 어떤 도움도 나누지 못하는
멀건 눈의 이 무기력함이,
바보처럼 슬퍼지기만 한다네.

아니,
그 소식 앞에
이상한 꿈을 밴 인형처럼 살아온
내 삶의 무기력함을 한껏 느끼면서
멀리서 할 수 있는 것이라곤
오직, 하나님에게 머리 조아려 비는
이 가난한 입술의 기도뿐.
"하나님, 제발 내 친구 동균 할매,
그 천사표 미소를 잃지 않게
기적의 은총을 내려주십시오."

그리고
믿는 것은 분명히 하나님은
내 친구 천사표 웃음을 슬프게도,
그리고 또 빼앗아 가지도 않을 것이라는
그 확신이 은밀하게 내게 있는 것은
어떻게 살아온 내 친구의 삶이던가,
오직, 그리스도 '사랑'의 숨결로 살아온
친구의 열심 한 기도가
결코 헛되지 않을 것이라는
그 확신이 있기 때문이라네.

그래서 내일은,
다시 내 입술에 자랑이 되는
천사표, 그 환한 웃음의 목소리가
은혜로운 곡조의 찬송처럼
복음이 되고, 전도가 되어
어두운 마음을 밀어내줄 것이라고
든든하게 믿어진다네.
사랑하는 내 친구 동균 할매
노년(老年)의 생활이 더욱 복되기를 빌면서…….

늙어도 귀여운 한 쌍으로

참, 그 먼 길에
오늘도 내 곁에서
다정하게 부를 수 있는
이윤옥 형님아,
가끔, 그 가녀린 목소리로
'우리 만남은 우연이 아니야'
형님이 애창곡으로 부르는
그 노랫말처럼
어쩌면 우리의 만남은
우연이 아닌
하늘의 은총이었던 게야.

가방끈
먹물을 자랑으로
문사(文士)들이 모인다는
문학 동네
우리는 그 마당에서 만나
함께 길동무해 오길 어언 25년,
그때 우리는 그래도
고운 때 가시지 않은 젊음이었고,
화사한 웃음의 정열이 있었는데

어느 새
이처럼 은빛 무성한
세월의 면류관을 쓰고 앉아
쓸쓰레하게 던지는 미소가
어제가 청춘이더니, 오늘은 백발로
이제는 별 볼일 없는 뒷방 할매,
골동품들이 되었다고
기지개 늘어지는 하품에
어쩌다가 불우이웃 돕기 마냥
생색을 내는 젊은이들의 초대에
입인사가 "젊은이들 복 받을겨"
그리고 윤기 없는 어눌해진 몸짓
풀어 놓는 너스레가
'인생은 육십부터' 라고…….

하지만
세월은 속일 수 없는 것,
무색하게도 마디마다
세월 보채는 뒤뚱거림에
아이고, 소리가 저절로 새어 나와
세월의 무상함을 곱씹는 형님과 나,

이제는 젊은 날 추억이나 야금거리면서
노랗게 곰삭은 서로의 가슴 다독이며,
챙겨 주는 모습에, 그것도 시샘으로
어떤 심술 바지 아저씨
'귀여운 바퀴벌레 한쌍' 이라나
그래, 그건
한낮을 불살라온 황혼녘,
우리들의 감빛 가슴들이 그려놓는
한 폭의 풍경화, 그 아름다움으로
살아 있는 감동의 예술 걸작품
그 이야기란 것 아니겠어,
25년을 함께 만들어 온
우리들의 가슴 나누기, 그 눈빛으로.

길벗 내 친구야!

인생 닦음의 길에서
오늘도, 세상 번뇌를 끌고
외투자락 펄럭이며 돌아서는
친구의 고독한 뒷모습을 보네
그 발을 감싸고 뒤끓는 소리
그 속속, 그 낱낱,
온통 그 색색을 기어다니는
언어(言語)의 출렁거림,
그러나 그것이
열심히 살면서 비워 낼 줄도 아는
친구의 진솔한 모습으로
돌아서면 가슴이 뜨거워진다네.

그래서 때로는
설레임을 느끼게 하면서도
자제할 줄도 아는 서로의 눈빛이
더욱 많은 이야기로 남는
천진스런 동심의 내 친구여!
서로의 아픔을 질겅이며 씹는
우리들의 이야기가
오, 우리들의 겨울 그 깊이에

지긋한 길벗으로
어깨동무하고 함께 황혼 놀빛을
바라볼 수 있다는 것은
그래도 다 벗은 겨울 뜨락에 서서
서로의 시린 가슴 다독이는
참, 아름다운 세레나데가 아닐런지……

오늘의 교육 현장

저런, 저런,
저 생각 없는 것들에게
귀여운 아들 딸,
우리 손자들을 맡기다니…….

그래,
아직 뼈도 제대로 영글지 않은
유치원생들에게
그것도, 양쪽 손 낭창 늘어지게
배추 무 들려,
뒤뚱거리는 걸음들이
비지땀에 울상을 하고
턱까지 가쁜 숨 몰아쉬게 하는
저 짓이,
뭐, 자연 학습 시간이라고?

그것도
자갈밭 산비탈
빈 몸으로 내려오기도
조심스러운 걸음인데
즈네들은 희희낙락 탈래탈래

빈 몸으로 내려오면서
고약한 것들,
넘어져 다칠 수 있다는 걸
왜 몰라?
하긴, 윗물이 맑아야
아랫물도 맑다는 법,
원체 돈에만 눈이 어두워 바쁜
오늘의 날탕 교육 정책에
훈장 자질 점검하고
개발할 시간이 없는 나라,
돈이면 졸업장도, 박사 학위도
손쉽게 거머쥘 수 있다는
후진성을 면하지 못한
장사꾼 세태의 교육 정책이
오늘따라 더없이 쓸쓸하기만 하다.

진풍경

전철 속에서
어쩌다 보는 진풍경,
마치 관객 앞에서
러브신을 해 보이는
무대 위의 배우처럼
젊은 남녀의 거침없는
원색의 몸짓들을 바라보기가
차마, 낯부끄러워
멀-리 눈을 돌리게 한다.

도대체
부모의 무엇을 보고 자랐고
또 학교에서 무었을 배워 왔기에
주위의 시선쯤은 아랑곳없이
베드신, 워밍업 연습인가,
저토록 야한 눈빛 웃음에
몸짓도 익숙하게
뻔뻔한 얼굴들일 수 있을까?
순간, 가슴 철렁하게
내려앉는 소리……
우리 딸자식들

그래, 밖에 나가서
저 짓거리 안 한다는 보장도 없지
참, 세상 말세야, Oh, my God!

여인의 자리 찾기

왜, 여성이라고 하는가?
태초 하늘의 섭리가
우주정신 사랑으로
만 생명을 이 땅에 이치(理致)로 내리실제
남자와 여자를 창조하시고
그들에게 내리신 하늘의 축복은
남자는 양(陽)으로
태양처럼 생명의 빛을 내리는
하늘이 되고,
여자는 음(陰)으로
달빛처럼 태양빛을 받아
생명을 잉태하고 기르는
대지(大地)의 텃밭으로
낮과 밤, 일월(日月)이 한 짝을 이루어
서로 돕는 조화의 도리(道理)가 있다 했네.

이치가 그렇듯
여자의 본분은 분명
남자의 정기(精氣)를 받들어 돕는
그것이 진정한 여성의 품위와
내적 아름다움을 만들어내는

여성의 힘, 'Power'라고 했거늘
오늘, 여성 해방운동을 부르짖고
21세기는 '여성시대'
여성 중심의 문화를 이루어야 한다고
목소리를 높이는 여성 'Power' 들이여!
만물에게 주어진 본분의 도리를
오늘 우리는 다시 깨우쳐야 하리
일월성신(日月星辰)이 궤도를 떠나
우주 질서에 어긋남이 없는 것처럼
섭리의 도리를 거슬리지 않는 것이
여성으로 태어난 본분의 이치로
하늘이 내려와 땅이 될 수 없고,
땅이 그 자리를 떠나
하늘이 될 수 없는 것이
자연의 이치, 섭리(攝理)라고 했거늘
물질문명이 팽배된 혼돈의 이 시대에
여성으로서만 머무는 것을 거부하고
도전과 개척정신으로
여성 위상의 권익(權益)을 부르짖는
고음(高音)의 여성 리더들이여!

다시 한 번 크게 눈을 뜨고
낮과 밤이 어우러지는 자연의 질서 속에
도리(道理) 도리 짝짜꿍을 배워 온
한민족, 이 땅의 어머니들이
열두 폭 치마로 감싸 안은 멋과 품위를
그대들은 아는가, 모르는가.
그것이 아름다운 여인으로
위대한 남자를 탄생시키는
장한 어머니의 모습인 것을
오늘 우리는 다시 배워가야 하리.

여인의 본분을 아는 것이
나와 더불어 있는 가정
둥지를 지키게 하는 지식이며
근본을 아는 인간의 도리로
건강한 사회를 만들고, 나아가서
부강한 나라를 만들어 가게 하는
애국애족(愛國愛族)하는 충효의 도리며
수신제가(修身齊家) 치국평천하(治國平天下)라는
인륜도덕(人倫道德)의 가르침인 것이기에
벼가 익으면 스스로 고개를 숙이는 것처럼

팔랑이는 짧은 머리 겸허하게 여미며
창조주가 섭리하신 자연의 질서를
오늘, 다시 일깨워 배워 가야 하리
그것이 태양빛을 받아
사랑으로 생명을 잉태하고 길러내는
대지의 어머니
위대하고 성스러운 여인의 자리 찾기
하늘과 땅의 이치(理致), 그
천지창조 조화의 정신인 것이기에…….

못 다한 사랑의 후회

내가 저 세상에 간다면
꼭, 그대를 만나서
용서를 빌고 싶다.
그리고 하나님을 졸라
그대 이름을 생명록에 올려달라고
울며 애원하리라
못 다한 해묵은 사랑,
그 끈의 이름을 팔아
윤기 흐르게 살아왔던 죄,
그 속죄를 위해……

하지만
그것은 어쩔 수 없이
햇빛 어두운 운명 앞에서
반들거리는 빛을 만들어내기 위해
마침내 만들어낸 몸짓의
슬픔이었던 것을
그 후회 때늦은 오늘
변명처럼 용서를 구하지만
그러나 이제
그 아이리스 꽃향기

가슴 속 슬픈 이야기로
속살 시린 물기로 남겨 놓고
하늘과 땅 사이로
멀어져 간 그대와 나

밤이면
나부끼며 실려 오는
그대, 아이리스 꽃 웃음의 향기
슬프게, 슬프게 스며드는
가슴 속 이야기에
방울 숲, 불 지펴 놓고
승천(昇天)한 그대 누운 관(棺)
그 둘레의 못을 잡아 빼며
그 불 속으로 잦아드는 이 가슴
때로는 소나기가 되고,
새카만 북풍(北風)이 되기도 하고…….

참으로
하늘과 땅 사이
숨겨 놓은 이 비밀한 아픔
님은, 그 비밀한 안팎을 넘나드는

서러움의 덩이, 서러워라
그 흰 웃음의 그림자
어여쁜 상처(傷處)로 되살아나는
이 한 밤, 나는
그대 눈빛의 그늘로 숨으며
혼기(魂氣) 묻은 하얀 사랑,
긴긴 이 운율(韻律)의 입맞춤이
더욱 서러워라
이토록 캄캄한 핏덩이의 신음
붉디붉은 무덤의 꽃으로
외로운 달빛 실어 나르는
그대, 아이리스 꽃향기의 연가
가슴을 적시는 이 겨울밤
때늦은 후회가 무성한 서러움으로
다시 또 서러워라, 서러워라.

우주적 지성과의 만남

― 한국유실수과학원장 박교수 박사의 장영실과학문화상 본상 수상,
　제18회 인간상록수 추대에 붙여

　　1
그날 오후,
우리 일행은
새날의 눈을 크게 뜨게 하는
햇덩이를 안고
그 뜨거운 집념의 열기로
그토록 한평생을
지구촌 생태계 연구학자로
강물 출렁이게 하는 햇살과
사운대는 바람과 숲을
하나의 세계로 구축해 온
한 남자의 견고한 의지
그 묶음, 또 한 묶음씩 풀어내는
그 정열 관절마다에 묻어나온
진솔한 삶의 이야기에
두 귀를 세우고 있었다.

　　2
문득 일시에 들어선
자연의 흙냄새가
그의 머리끝에서 발끝까지

가만가만 빗질하고 있을 때
숲과 나무와 하늘이 물씬 배어든
그에게서 떠날 수 없는
돌개바람 번뇌의 이야기는
연중행사처럼 공포를 동반하고
태풍이 몰고 온 홍수 피해,
그 자연이 주는 재앙은
언젠가부터 상실한
우리 배달민족의 얼,
그 지고한 만물감통사상(萬物感通思想)이
고대사(古代史)에서 그토록
동방의 찬란한 정신문화 꽃피웠던
민족정기, 그 유산이었거늘
오늘은, 그처럼
진실하고, 선하고, 아름다운
자연과의 교감을 잃어버린
외래 문명, 그 횡포의 이기 앞에
신(神) 노함, 그 경고 같은 것이라며
신기(神氣) 스민 한숨이 그늘로 숨으며
간간이 엷은 한숨을 토해내고 있었다.

3

그리고 다시 치솟듯
어둠 속에 묻힌 새벽의 소리를
한 올 한 올 건져 올리는
우수(憂愁) 어린 목소리가
어디쯤에서 잃어버린 것이냐고
부초처럼 표류하는
우주 자연관의 삼일철학(三一哲學)
그 상실, 안타깝게 서러워하는
오, 그 하늘 닮은 눈빛이
속살에 인쇄된 우주의 지성으로
가없이 흐르며 번뜩이는 이야기는,
신이 주는 자연의 지혜와 혜택을 망각하고
민족의 긍지처럼
삼천리 금수강산을 자랑하며
선조들이 지켜오던 이 땅을
외세의 수난과 함께
빈곤을 대응하는 경제성장
그 산업정책으로
하늘과 땅과 사람이 '하나' 라는
우리 민족의 삼일철학(三一哲學)은

건강한 아름다움을 창출해내는
진선미(眞善美)의 기틀이거늘
그 철학의 부재(不在) 드러낸 오늘,
생태계를 변모시켜 버린 빌딩 숲
Digital 문명의 현대인들이
스스로 정신분열을 초래시키는 Terror와
시멘트 문화의 Virus,
그것은 아름다운 자연과의 대화를 단절한
인간성 상실의 보복으로
그 재앙을 자초한 것이라니.

        4
참으로
자연과의 대화를 잃고
정신적 윤기 메마르게 살아가는
오늘의 우리가, 과연 후손들에게
무엇을 물려 줄 수 있을 것인가를
되돌아보게 하는 향기 그윽한
그 숲과 나무의 이야기가
참으로 선조들이 자랑해 온
한류문화의 생명력은,

대자연의 호흡 속에서 얻어진다는
생태계 연구학자 그의 지론으로
"360도 입체적 관점에서 우주와 지구를 바라볼 수 있어야
한다는 것"
그리고 산업개발 정책은 적어도
일천년의 미래를 내다볼 수 있어야 한다는
그의 생명공학의 실체적 논리를 통해
한민족 오늘의 당면한 과제와
과학적 성취와 현실대안 논리를
한 세월을 그처럼 심지 불살라 온
경험적 이야기로, 우리 함께
그 노력의 팡파르 속으로 스며들게 하면서
오늘 우리나라 과학 교육
그 현주소를 돌아보게 했었다.

　　5
결코 작지 않은
그처럼 날카로운 그만의
자연생태계 통찰력은
한 시대를 앞서가는 선구자로
어언 반세기 전이랬던가,

22세에 국립대학 교수로
강단에 오르기까지
종자의 식별을 위한 세포화학, 조직화학
그리고 생화학적 접근법에 기초한
줄기세포의 유약성(幼若性)과 전능성(全能性)
그 개념 정리로 학계에 공헌했고,
그 우람찬 힘의 역량은 '잘 살아보자!'
슬로건의 깃발을 높이 올린 대약동의 시절,
농촌진흥청에서 기여한 공로 역시
획기적인 새마을 소득증대를 노려
농산촌의 민둥산 비탈 밭에
황금 열매 유실낙원을 이룬 일대혁명으로
땀 흘려 쌓아올린 거금은, 마침내
농촌의 빈곤을 덜어주는 선을 넘어서
금융 산업 현대화의 일환으로
전국에 새마을금고 총연합회가 탄생되었다니
참으로 눈부신 그의 지혜는
근대화 초석의 밑거름으로
IMF시절, 경제 식민지화를 노리는
외국 투기자본의 국부 침탈과
유출 방지 기능 역할로

조국의 유동자금 경직에 의한 난제를
풀어내게 한 거금의 '토종민족자본'으로서
전 세계를 놀라게 했던 IMF 경제 극복이라는
또 다른 신화 창출을 만들어내게 했던
미래지향적인 그의 착안, 지혜는
전 세계를 향해 꺼지지 않는 배달의 얼
그 민족적 자부심을 갖게 했던 쾌거로
암울한 시대를 빛낸 성목(聖木), 박교수 박사!

6
그의 비범한 연구는
과학자로서 실물경제학과
정신경제학의 이치를
한 시대 앞서 깨닫고, 눈을 뜬
그의 고독한 연구의 불꽃은
분단의 늪에 빠진 절망적인
이 민족의 진로를 여는 것이었다니,
결코, 또다시 민족의 수모
국권을 침탈당하지 말아야 하는
민족의 숙제, 그 경제극복을 우선으로
그가 내놓은 새마을운동 세계화가

그 프로젝트였다니,
참으로 놀랍고 번뜩이는 그의 지혜는
긴 세월 속에 거듭 강대국에게
주권을 빼앗기고, 지배를 받아오며
주체성을 잃은 채, 나약해졌던
한민족 국민정신을 고취시켜
세계를 향해 용틀임하는
민족자존의 긍지를 심어준 것이리라.
참으로 어둠을 밀어내게 했던
그의 지혜는 어제로부터 이어지는
오늘의 역사 속에 한 점의 빛으로
오늘도 그 몸짓 조용하게 출렁이는
오, 이 시대의 거인(巨人)
성목(聖木) 박교수 박사!

　　　7
그처럼 한 시대를 앞서가며
햇빛 꺾어 빛으로 흐르는
그의 가슴 눈빛은
마침내 사랑과 생명을 동반한 미학,
줄기세포의 유합력, 형성력, 분화력,

그리고 재생력 등을 세계 최초로 규명,
학계를 붕붕 놀라게 했고,
이후, '극성교정분화' 학설을 발표하고
그 기능성까지를 밝혀내면서
놀라운 다량증식법인 줄기세포 DNA
클로닝기술 확립과 활용으로
지구 유전자원 보존을 통한
지구 생태계 유전자 복제의 신비에 대한
그의 획기적인 연구 발표는
연속적으로 학계에 공헌해 온
불멸의 혼(魂) 그 이름 상록수로 남으리라.

  8
결코 작지 않은 우주의 지성
그 반짝임으로
이 땅의 무지와 대응하며
그처럼 어둠을 불살라온
혼신의 가슴이
뜨겁게, 뜨겁게 포효하는
엄숙한 선포 앞에서
저절로 숙연해지는 고개

새롭게 얻어지는 지식의 출발로
한 떼의 맑음이 전신을 감싸며
근육이 일어서고, 정신이 일어서고
그리고 새날을 열어가게 하는
파랑도 원시림의 그의 꿈 밭에
인류 미래를 위한
그처럼 거대한 프로젝트
오, 그 유토피아 꿈나무!

　　9
그것은
우주의 지성을 유감없이 펼친
위대한 이 땅의 거인
그가 일궈낸 지혜의 성목으로
지구촌 산림자원 그 기틀의
초석이 되게 할 것이라니,
그것은 마침내 세계를 향해
비상(飛翔)을 꿈꾸며 출렁이는
한(恨) 많은 민족의 꿈과 희망으로
내일의 문을 열고 세계로 나가게 할
그의 눈빛이 조용하게 번뜩이며

우리들의 피와 살을 용솟음치게 한다.
그날, 우리가 만난
이 시대의 거인, 박교수 박사!
그가 일군 우리 모두의 꿈 밭,
신기루 같은 저 파랑도 섬
그 오묘한 프로젝트 이야기는…….

오, 파랑도 유토피아 꿈의 전령들이여!

― 朴敎秀 博士와 세계 대학생 평화봉사 사절단의 축제에 붙여

　　1

그날 우리는

새 화폭(畵幅)에 담길

이 가을 한 묶음의 축제

그 열기의 팡파르 속으로 스며들었다.

이제는 그 모습조차도 희미해져 가는

목이 긴 사슴처럼 슬퍼 보이던 하얀 숨결이

축축한 물기로 가슴 젖어들게 하는

육영재단 어린이회관 근화의 뜨락

숱한 이야기 바람으로 날리며

아프게, 아프게 뒤척이는

잎새들의 무성한 떼울음이

해묵은 사연들을 동반하며

눈시울 적시게 하는 그 터전에서

물빛 그리움 방울진 목숨들이

피 묻어 얼룩진 지구촌 화합을 위해

어여삐, 어여삐 흩날리는 그 사랑 노래

　　2

참으로

햇빛도 소슬하게 잔치에 잦아드는

청명한 이 가을 한낮을 장식하는
날개 팔랑이게 하는 바람의 가락에
우리 일행은 서둘러
한 잔의 기억을 마시고
살아있음의 존재 이유를 찾아
유산처럼 묻어 온 가난을 다독이며
산뜻하게 벌인 가을 기획 잔치마당
그들이 움직이는 동작을 음미하고 있었다.
그것은 우리들 스스로의 삶을 감미롭게
그리고 보다 빛나게 하기 위한 몸짓,
이 가을 연주의 풍경화로
싱싱한 빛을 저마다 채색하며
그 빛들을 나눔으로 즐거워하는
월드미스 유니버시티 컨테스트

3
오! 그때 나는
내 만년필의 뾰족한 쇠끝으로 스케치했던
저 파랑도 유토피아 월드 아카데미 센터
성목(聖木) 박교수(朴敎秀) 박사의 미소를 바라보며
세계 평화, 인류 평화를 갈구하는 숨결이

그처럼 뜨겁게 달구어진 열기로
그 행사를 빛내고 있음을 활자로 확인하면서
다시 축하의 박수를 보내는
내 눈의 반짝임은
칡덩굴의 잎처럼 피어오르면서
장중(莊重)한 동작으로
아름답고 심오한 메시지를 전파하는
그의 모습을 기뻐하고 있었다.

    4
그것은,
한평생 이 땅
산천초목의 풍성함과 민초의 복지를 위해
노심초사(勞心焦思)해 온 인간 상록수
그 따스운 피의 결정체로
자신의 모습을 유감없이 드러내 보인
축제의 잔치 마당에서
세계 대학생 평화봉사 사절단
그 팔등신 미녀들이 펼쳐 보이는
멋진 전통의상 퍼레이드는
지구촌 각 민족마다 조상의 호흡

그 독창성을 달리하고 있었지만
민족 정서가 지긋하게 흐르는 예술성은,
혼몽한 태초(太初)에
빛의 말씀 'LOGOS' 로 만물을 지으시고
'보시기에 좋았더라' 고 하신 조화주 하나님
그 우주정신 '사랑' 을 태고의 소리처럼
펄럭이며, 펄럭이며 심어주는
오, 지구촌을 하나 되게 하는
사랑의 입김 번지는 화합의 오케스트라
그 환상의 무대는
평화의 소중함을 되새기게 하고
오늘 지구촌에서 그처럼 섬뜩한
핵무기의 위협이 사라지기를 기원하는
우리 모두의 가슴 그 기도였었네.
이제 유토피아 꿈의 메시지를 가슴에 안고
한국 파랑도에서 지구촌 곳곳의 캠퍼스까지 전파할
세계 대학생 평화봉사 사절단이여!
오늘 진선미 축제의 한마당에 울려 퍼진
팡파르의 의미 영원하리라.

오, 내 살점의 피 · 1

겨울처럼 벗은 살,
손끝에서 외따로이 떠돌던
갈매기 울음이
질경질경 씹히는 동사(動詞)를 동반하고
아픈 파도소리 떤다.

오, 습기 찬 입술에
풀어지는 소리, 그 반어(反語),
열려진 사실 앞에 고개 숙이는
내 귀는 헐떡이는 소라껍데기
파도의 몸짓을 내가 흉내낸다.

마침내 죽음 같은 적막,
밤바다의 응어리를 바다가 덮는다.
그때 바람은
내 귓밥에 묻은 모래알을 털며
한없이 솟구친다.

우수(憂愁) 어린 텅-빈 뜨락,
퍼덕이는 바람이 나를 훑는다.
그 앞에 엎드린다.

궁색한 사지(四肢)를 버린다.
한 알 모래로 잠적해 버리고 싶은
이 한밤의 냉기(冷氣)로……

오, 내 살점의 피 · 2

외딴 섬 같은
낯선 나라로 흘려 보낸
그토록 서러운 내 뜨거운 피,
구만리 허공을 달려와
살아 있음을 확인하게 하는
오늘, 너의 목소리
참으로 쏟아지는 눈물이게 한다.
아니 너무 아파서, 차라리
없는 듯 잃어버리고 싶구나
참으로 끈끈한 아픔
아프게 참는 울음이
다만 서러운 가슴으로
맥박을 뛰게 하는 한 방울의 피,
한 없이 빨려드는 너를 마신다.
그때 나는,
참, 바보스럽게도
너를 사랑하는 방법을 찾지 못했던
지난 날의 모자란 이 가슴
그 돌이킬 수 없는 후회가
비수(匕首)처럼, 화살촉처럼
후회(後悔)로 짜인 내 속살에

끝없이 붉은 피를 쏟게 한다.
그러나 아들아!
주어도, 주어도 가슴 닿지 않는
끝없는 사랑이 모정(母情)인 것을
이 가난한 변명의 진실(眞實)만을 네게 던진다.
너의 목소리가 두 귀에 꽂힌 밤.

오, 내 살점의 피 · 3

누가 알았으랴,
살랑대는 봄바람에
뿌리채 스몄던 숲,
봄밤, 눈웃음으로 입맞춤하며
피워낸 내 살점의 꽃망울들, 하나, 둘, 셋
그 예쁜 아장 걸음
문고리마다 반들대던 속삭임
여기, 석순(石筍)처럼 남겨두고
저마다의 빛깔을 드러내며
이 숲과 저 숲으로 새 날듯 떠나고
다만 이 겨울
은(銀)가루 묻은 빗물로 고인
오, 끈적끈적한 늪의 괴인 샘 속에
그리움으로 곤두서는 속삭임
그 사랑이여, 그러나 또한 것,
속살에 드리운 우수(憂愁)를 훔치고
천(千)의 가시로 돋아나
빨갛게 오한 들게 하는
무심한 세월의 슬픔인 것을 어쩌랴,
그 빛난 봄밤의 비늘
내 살점의 피가 만들어 낸 눈물.

하늘로 띄우는 편지

안녕하신가요?
그 살의 쾌락,
그 한 세월 사철바람 일구던
빛나던 원색의 발가락 길게 펴고
하늘과 땅 사이로 멀어져 간 당신,
그 이름, 오늘은
흰 빛 물기로 남은 자리에
서럽게 고이는 소리, 소리
파도는 가엾게 죽어서 돌아와
다만 이 겨울
흰 살을 가로지르는
별똥별로 흐르고……

나는 오늘도
우리들의 촉감이 만들어낸 비늘이
아프게 살아 출렁이는
이 바람의 터에서
아무 것도 반짝여 줄 수 없는
참, 아득할 뿐인 입술이
두 눈 감아 버린 당신처럼
때로는 지구를 탈출하고 싶어지는

비밀한 유혹 그 손짓에
한 잔의 술로 가슴을 덥히며
하나쯤 덧니가 있는 편지를 띄우네요.
한 세월 멋지게 살다 간 당신
그대는 여전히 무사태평(無事泰平)으로
안녕하신가 하구요

또 한 해를 보내면서

二千六年, 十二月
한 겨울의 차가운
발바닥이 된 나는
지는 달,
이대로 건강하게
몇 번이나 더
바라볼 수 있을까,
녹슨 레일 위를 달리듯
또 한 해가 뒷자락 흔드는
차가운 모래밭 위에 아득히
강물의 흐름이 되살아난다.
플라타너스, 소나기, 사라진 하늘
썩은 계집, 썩은 사내들,
어쩌다가 박하사탕 같은
어여쁜 웃음도 있고
계절 잃은 갈매기
끼룩거리는 울음도 여기 있고……

시로 쓴 인생 회고록(回顧錄)
《할미꽃 연가(戀歌)》

김 광 한 (작가)

　　시인이나 문학평론가가 아닌 사람이 시인이 쓴 시에 대해 평을 한답시고 고상한 문자를 동원하여 왈가왈부하는 것처럼 보기 흉한 것이 없습니다. 시에 대한 전문적인 지식과 시를 써 보지 못한 사람이 시를 평한다는 것은 오직 감상글의 수준을 넘어설 수가 없다는 것을 잘 알고 있는 제가 여해(麗海) 한승연 시인의 시를 그저 감상글의 수준에서 마감을 한다는 것에 대해 여간 죄송한 마음을 금할 수가 없습니다. 그러나 한승연 시인의 근처에서 20여년이 넘도록 그 시인의 일거일동을 지켜보고 또는 동참해 본 필자로서 시인의 시집이 나온다고 하기에 몇 자 적지 않으면 안 될 것같아서 붓을 잡아 보았습니다.

　　사람에게는 그가 하는 일과 신분에 따라서 여러 계층으로 구분이 되듯이 문학도 문장의 이어짐과 특색에 따라서 시나 소설 희곡 등과 같은 장르로 구분이 되기도 합니다. 시(詩) 역시 더 구분을 하자면 장시(長詩)와 단시(短詩), 그리고 순수시와 문학시, 대중시 등으로 분류가 되기도 합니다. 노래 역시 대중가요, 클래식, 가곡, 오라토리오 등으로 구분이 되는데 여해 한승연 시인의 시를 시의 어느 장르에 꿰어 맞춘다는 것은 여간 힘이 드는 일이 아닐 수 없습니다. 수십 권의 장편소설과 문자로 이루어진 모든 것에 평생을 투자한 시인에게 순수시니 문학시니 하는 말로 고리를 단다는 것은 마치 길가에 함부로 뛰어노는 망아지에게 고삐를 채우는 것과 마찬 가지이기 때문입니다.

다만 필자는 한승연 시인의 시에 받침말을 붙인다면 그 지나온 긴 인생살이가 그랬듯이 고상한 가곡이나 엘레지나, 뽕작보다는 가요무대에 등장하는 모든 노래와 같은 시가 아닌가 하는 생각을 합니다. 사랑과 슬픔을 주제로 속삭이듯 콧바람을 내서 부르는 샹송이 아닌, 그리고 젊은 아이들이 팔을 휘저어가면서 부르는 뜻도 가사도 모르는 노래가 아닌, 콩비지에서 우려낸 진국물과 같은 인생의 굵은 눈물이 달려 있는 그런 시가 아닌가 하는 생각을 합니다.

〈노래 따라 세월 따라 가요 반세기〉에 나오는 모든 노래들이 가요무대에 올려지고 늙은 가수들이 구성지게 부르는 흘러간 노래에는 그 시대만이 갖는 애절함과 한과 설움이 곁들여져서 같은 시대를 살아온 낯모르는 사람들끼리라도 부둥켜안고 합창하는 그런 노래, 특수한 몇몇이 부르는 가곡이 아니더라도, 명곡이 아니어도 혀 꼬부라진 외국 소리라야 문화권이 맞는다는 얼치기 지식인들의 가식된 심정이 묻어있지 않은 그런 노래, 그런 시를 한승연 시인은 가슴으로 뱉어놓고 있는 것입니다.

고복수의 〈짝사랑〉, 남인수의 〈애수의 소야곡〉, 황금심의 〈알뜰한 당신〉, 오기택의 〈영등포의 밤〉, 배호의 〈돌아가는 삼각지〉 등등 한 시대를 울린 그 노래들은 명곡이 아니더라도 들으면 그 시절의 설움이 생각이 나서 눈물을 삼키게 됩니다. 한승연 시인의 시 역시 쉽게 풀어나간 사연 있는 구절구절마다 우리 시대 사람들이 어떻게 살아왔고 어떤 마음으로 살아갈 것인가를 침묵으로 말해 주고 있는 것입니다.

뉘엿한 석양 놀빛
눈시울에 붉어지는
소슬한 이 가을 한낮
한 잔의 추억을 마시면서
나도 저 낙조처럼
지긋한 아름다움으로 늙어가고 싶다.
이웃의 허물을 감싸주며
모든 사람에게 늘 관대하는
그저 폭넓은 가슴으로
어지럽고 슬픈 세상을 원망하며
알아주지 않는다고 투덜대기보다
스스로 자신을 짓이기며
학대하기보다
저 감동의 놀빛처럼
조금 빈곤하더라도
이웃에게 어떤 도움을 줄까 고민하는
그런 노인으로 중후하게 늙고 싶다.
— 〈놀빛 가슴으로〉에서

이 한 편의 시에 한승연 시인의 진솔한 마음이 모두 들어있습니다. 소설을 많이 썼으되 소설가처럼 행세하지 않았고, 시를 쓰되 시인으로 남지 않았고 인간으로 남은 시인, 그가 한승연 시인입니다. 손이 커서 항상 그 큰손에 뭣인가를 담아 가난하고 소외되고 억울한 사람들에게 나눠주고 싶었기에 물질적으로 성공한 인생이 되지 못했던 지난날들을 결코 후회하지 않는다는 시인은 그래서 남자들보다 가슴이 넓고 그 넓은 가슴에 사바세계에서 일어나는 복잡다단한 사연을 안고 살아온 시인이지요.

속는 줄 뻔히 알면서도 선뜻 내주는 성품 때문에 풍요로운 물질생활과는 담을 쌓고 살았지만 이런 한승연 시인의 마음을 가상하게 여긴 하느님께서 그에게 한 자루의 붓을 쥐어주신 것을 시인은 그저 감사하게 생각하고, 이제 천천히 늙어가고 있는 황혼의 노을, 그것은 쩨쩨한 마음으로 평생을 아등바등 살고 있는 속물들의 앙가슴으로 파고들어서 그들에게 인생의 의미를 알려주는 메시지를 이 시집에서 주고 있는 것입니다.

가요무대와 같은 시, 가요무대에서 흘러나오는 모든 노래에는 쉽지만 깊은 애환과 설움과 아픔이 담겨 있습니다. 한승연 시인의 시가 이와 같습니다. 읽어 보면 딱딱한 구석이나 현학적인 수사(修辭) 한 자 없지만 남의 눈물을 닦아주는 노래, 남과 함께 울고 웃는 시인의 마음이 들어있습니다.

인생 60년 이상을 살았다면 누구나 한 권 정도의 자서전 정도는 남길 수 있다지만 그 자서전의 내용이 문제가 되겠지요. 시로 쓴 회고록, 그 자서전은 재미가 있습니다. 그러나 읽는 사람들에게는 재미가 있지만 그 당사자는 아픔이 분명했겠지요. 가슴에는 수없이 많은 칼날이 박혔지만 이를 빼내기에는

너무나 시간이 촉박한 인생의 남은 날들을 마치 세 딸들에게
버림받은 할머니가 죽어서 묻힌 무덤 위에 피어났다는 할미꽃
이 되어서 이제 그것을 시로 남기려고 하고 있는 것입니다.

> 몰라도 그렇게 몰랐을까,
> 어머니의 서러운 죽음이
> 마치 아버지의 한량끼,
> 그 풍류 탓인 양
> 화살촉처럼 탱탱하게
> 목줄 세워 쏘아 올리던
> 그 아팠을 낱말들
>
> ―〈사모(思慕)〉에서

선주(船主)의 딸로 태어나 유년시절의 풍요로움을 한껏 누리
다가 세상이란 난적 앞에서 갈길 몰라 방황하던 처녀시절, 그
리고 부모의 말을 거스르고 사랑하던 사람과 야반도주를 한
일, 그리고 이어지는 삶의 굴곡들, 남들보다 많이 울고 부모
속 썩힌 것만큼 가슴에 깊은 멍과 함께 바람구멍처럼 뚫린 빈
공간, 그래서 진방남의 〈불효자는 웁니다〉란 노래가 시가 되
어서 나오듯이 가슴의 빈 공간을 시와 소설로 메꾸려고 밤새
글쓰다 보니 몸이 망가져서 찜질방이 주거지가 되다시피 한
지금, 서리가 되어 내린 머리카락 한 올을 잡고 멀거니 들여다
보는 주마등처럼 지나간 날들이 아픔이 되어서 되돌아오기도
하겠지요.

많은 소설과 시를 썼지만 그 주제는 언제나 인과응보(因果應
報), 뿌린 대로 거둔다는 평범하지만 어김없는 진리를 시와 소

설로 평생을 써나간 한승연 시인, 이제 어느 정도 업장도 소멸이 됐을 텐데 하면서 웃는 시인의 얼굴에 화색이 돋습니다.

남의 말을 너무 잘 믿어서 그를 속이려면 식은 죽 먹기보다 더 쉽다는 말을 듣기도 하고 실제로 한때 신앙에 탐닉을 해서 몸이 아픈데도 성경구절대로 살려다가 혼쭐이 나기도 하고 몇 번이나 속았어도 여전히 속인 사람을 믿는 이런 방면의 전과자이기도 하지요. 이런 전과를 많이 가진 사람들을 일컬어 얼빵이라고 하는데 얼빵이로 말하자면 대얼빵이, 가히 그 무리의 회장을 해도 손색이 없지요. 남의 빚에 보증을 서준다거나, 어느 날 갑자기 찾아온 친구의 사정을 듣고 딱해서 있는 돈 없는 돈 다 내줬다가 한 푼도 돌려받지 못하는 그런 종류의 사람들이 심심치 않게 많은데 이런 분들이 좀 있어야 세상이 재미가 있지만 당사자에게는 여간 고통스런 일이 아니지요.

자신을 아프게 한 사람을 질책하다가도 그 사람을 만나면 다시 손을 잡아주는 어쩌면 세상살이하기가 여간 불편하지 않은 저쪽 나라에 주민등록이 돼 있는 그런 한승연 시인에게 글을 쓴다는 것은 여간한 축복이 아니지요.

《할미꽃 연가》는 바로 이런 자신의 시로 쓴 회고록으로 남게 될 것이 분명합니다. 여성으로서 많은 시간을 할애한다는 머리와 얼굴에 시간을 뺏기지 않기 위해서 아예 머리카락을 잘라 버린 시인의 마음을 누군가는 알아줄 것이다.

그리고 한승연 시인이 쓴 수많은 주인공들, 그들을 그려낸 수많은 용어들, 미움보다 사랑이 복수보다 용서가 많았던 모든 문장들이 언젠가는 그가 쓴 글들과 함께 화려하게 부활하게 되리라 믿습니다.

　한승연은 장편소설 《바깥바람》을 상재하며 문단에 데뷔했다. 이어 여순반란사건을 모티브로 한 이데올로기 문제를 심도 있게 파헤친 장편소설 《그리고 숲을 떠났다》로 문단에 충격적인 관심을 불러 모았으며, 여인의 내밀한 성 심리와 사회적 부조리를 조화시켜 고발한 장편소설 《갈망》에 이어 장편소설 《묵시의 불》에서는 신과 인간의 고리, 그 실체를 확연히 드러내 보임으로써 많은 독자들을 충격의 도가니로 몰아넣었다.

　이어 발표한 장편소설 《심상의 불길》은 그의 소설에 관한 한 문학적 영역을 대폭 확대시켜 주는 계기를 만들었다. 그리고 장편소설 《남자를 잃어버린 여자》에 이어 사상집 《개천 그리고 개국》을 발표하면서 많은 독자들로부터 갈채를 받았다.

　이 외에 시집 《소라의 성》, 《내가 바람이고 싶어 했을 때》, 《내가 사랑하는 이유》, 《황혼 연가》, 《묵시의 신곡》, 《사랑하며 산다는 것은》, 《등신불 수화》 등을 상재하였다.

　특히 1996년 시집 《내가 사랑하는 이유》로 제3회 열린문학상 본상을 수상하였으며, 2000년 시집 《묵시의 신곡》으로 세계계관시인 평화대상을 수상하고, 세계계관시인 시문학 박사 학위를 수여 받았다.

또한 수필집으로 《이 중에서 가장 위대한 것은 사랑》, 《산다는 것, 그 멀고도 긴 터널》, 《슬픔이 안겨준 찬란한 약속》 등을 발표하였다.

그리고 장편소설 《운명의 카르마》, 사상집 《성서로 본 창조의 비밀과 외계문명》, 《성서로 본 칠성님의 비밀》 등의 저서가 있으며, 우리나라 여성국극을 정리한 장편소설 《꽃이 지기 전에》와 우리나라 근대사를 심도 있게 조명한 장편소설 《역사의 수레바퀴》를 상재함으로써 대문호로서 위치를 확고히 다지고 있다.

이밖에도 1995년 제3회 허난설헌 문학상 소설부문 대상을 수상하였고, 시인이며 소설가인 한승연은 한국소설가협회, 한국문인협회, 국제펜클럽 한국본부 회원으로서 오직 집필에만 몰두하고 있다.

최근에는 시집 《세상에서 가장 슬픈 등신불 수화》를 출간했으며, 장편소설 《빛으로 날고 싶었다》의 출간을 기다리고 있으면서, 사상집 《천리의 환궁》을 집필하고 있다.

한승연 시집

할미꽃 연가

·

지은이 / 한승연
발행인 / 김재엽
발행처 / **한누리미디어**
디자인 / 지선숙

·

110-816, 서울시 종로구 부암동 185-5번지 4층
전화 / (02)379-4514, 379-4519
Fax / (02)379-4516
E-mail/hannury2003@hanmail.net

·

신고번호 / 제300-2006-61호
등록일 / 1993. 11. 4

·

초판발행일 / 2006년 12월 11일

·

ⓒ 2006 한승연 Printed in KOREA

·

값 8,000원

·

※잘못된 책은 바꿔드립니다.
※저자와의 협약으로 인지는 생략합니다.

·

ISBN 89-7969-296-X 03810